LOISEL

Peter Pan

Opikanoba

Editions Vents d'Ouest
31-33, rue Ernest Renan
92130 Issy-les-Moulineaux
Tel : 40 93 01 01
Fax : 40 93 05 58

© **Editions Vents d'Ouest**
Dépôt légal Septembre 1992
ISBN : 2 86967 191 1

Imprimé en France
par Ouest Impressions Oberthur
35000 Rennes.

Peter Pan

TEXTES, DESSINS ET COULEURS

REGIS
LOISEL

TRES LIBREMENT INSPIRE DES PERSONNAGES
DE SIR JAMES MATTHEW BARRIE

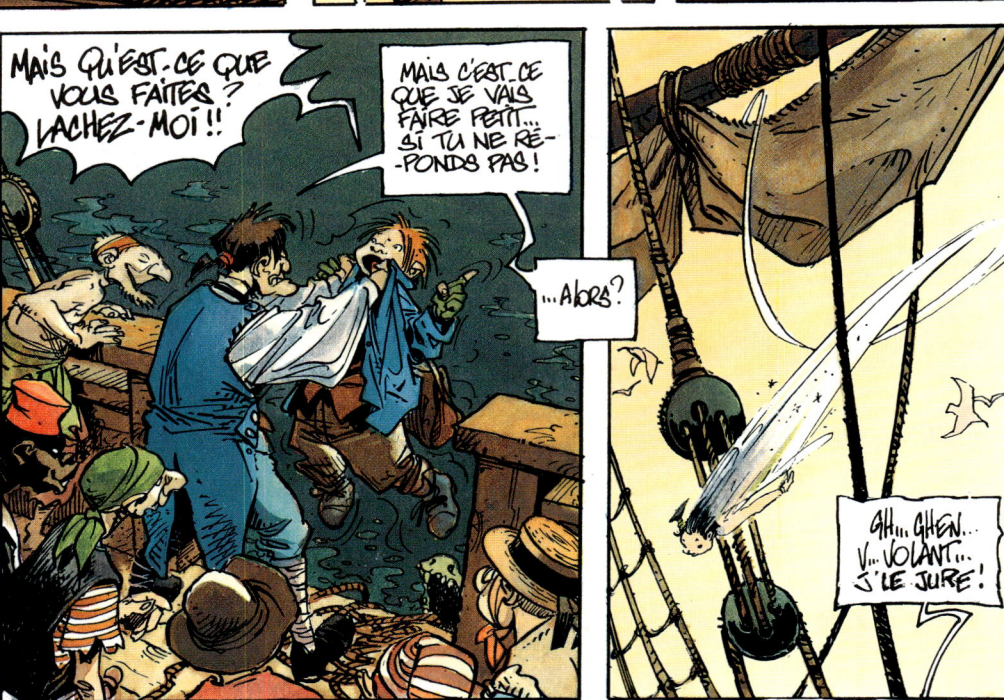

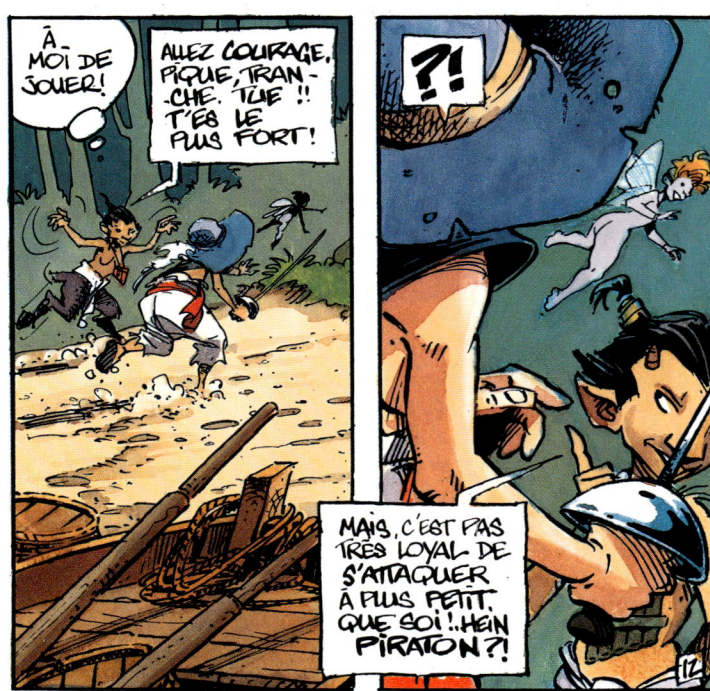

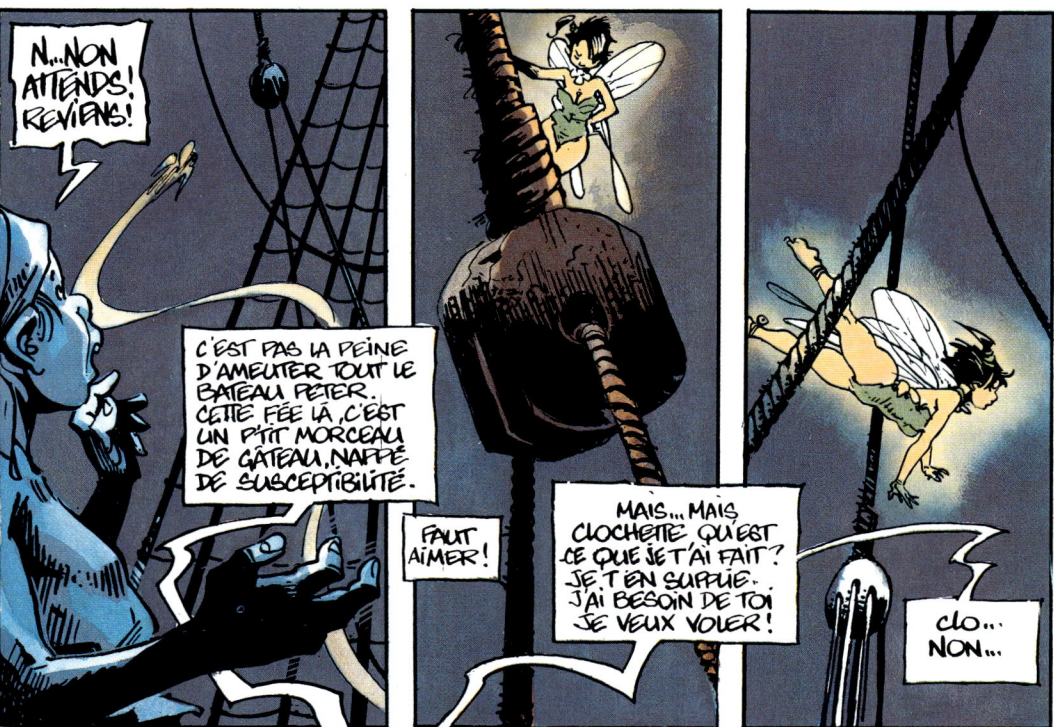

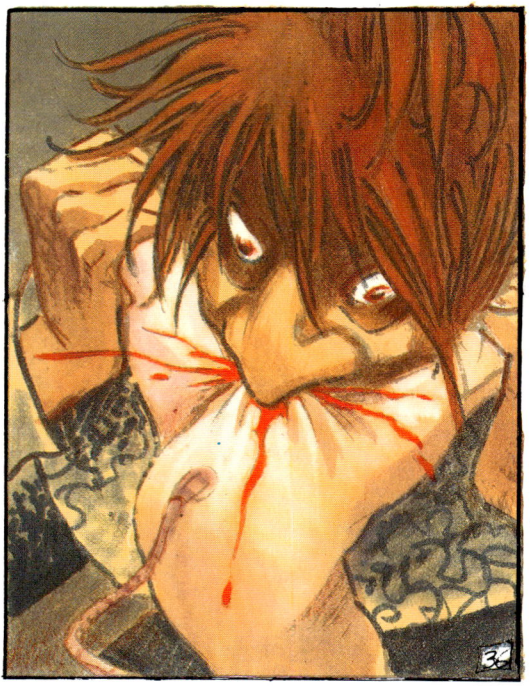

...LA PETITE PROMENADE S'EST GENTIMENT TERMINÉE POUR TOUT LE MONDE, DANS LES BRUMES DE L'OPIKANOBA...

...TES DEUX COPAINS, AINSI QUE LEUR VIANDE À CROCO, ONT TROUVÉ LA MORT... ET POUR FINIR, JE SUIS ALLÉ, AU PÉRIL DE MA VIE, VOUS RÉCUPÉRER DANS CET ENFER... JE TE PASSE LES DÉTAILS... BILAN : UN COQUARD POUR ELLE, UNE BOSSE POUR TOI.

HHMM... ET UN BON MAL DE CRÂNE... T... TU RACONTES MAL LES HISTOIRES PATTE DE CHÈVRE... J'AI RIEN COMPRIS... FAUDRA QUE JE T'APPRENNE...

...?! MAIS...

OÙ ON EST ICI ? OÙ EST LE CAPITAINE ?.. LE BATEAU ?.. IL... IL FAUT Y RETOURNER ! TU ES MON PRISONNIER ! JE SUIS RESPONSABLE DE TOI !

NON PETER, JE NE SUIS PAS TON PRISONNIER, COMME TU N'ES PAS LE MIEN... SI TU ES LÀ...

...PARMI NOUS, CE N'EST PAS PAR HASARD ! ...C'EST NOUS QUI T'AVONS FAIT VENIR.

? C'EST GENTIL, MAIS POURQUOI FAIRE ?

AH ! PAS POUR ÊTRE PIRATE ! SOIS EN SÛR ! MAIS PLUTÔT POUR LES COMBATTRE.

LES COMBATTRE ? MAIS T'ES CINGLÉ ! C'EST DES TERRIBLES CES GARS-LÀ !.. ET PUIS JE TROUVE ÇA AMUSANT D'ÊTRE PIRATE.

AH, ÇA, POUR ÊTRE AMUSANT, C'EST AMUSANT !! MAIS SI LE CAPITAINE TROUVE NOTRE TRÉSOR, ON EST FOUTUS !

...MAIS POURQUOI ?.. QU'EST-CE QU'IL A DE SI PARTICULIER CE TRÉSOR ?

ET BIEN JUSTEMENT RIEN !

MAIS ALORS SI C'EST RIEN POURQUOI NE PAS LE LUI INDIQUER ?

TOPI TOWAH ?

MERCI.

HMPH ! TU TE RENDS COMPTE, PETER, TOUS SES RÊVES D'ENFANT D'HOMME, DE PIRATE, TOUT CET ESPOIR, TOUTE CETTE MAGIE DE L'INCONNU, CE SOUFFLE EXTRAORDINAIRE DE L'IMAGINAIRE, TOUT S'ÉCROULERAIT EN LUI ! CE SERAIT DRAMATIQUE POUR NOUS !.. JE T'EN EXPLIQUERAI PLUS TARD LES RAISONS.

HMM... OUI, BON, MÊME SI CELA NE T'ÉTONNE PAS OUTRE MESURE, NOUS SOMMES QUAND MÊME DIFFÉRENTS DE TOI ET DE TES AMIS PIRATES. TU ES, VOIS-TU, DANS UN MONDE BIEN RÉEL MAIS QUI EST IMAGINAIRE POUR LE MONDE D'OÙ TU VIENS.

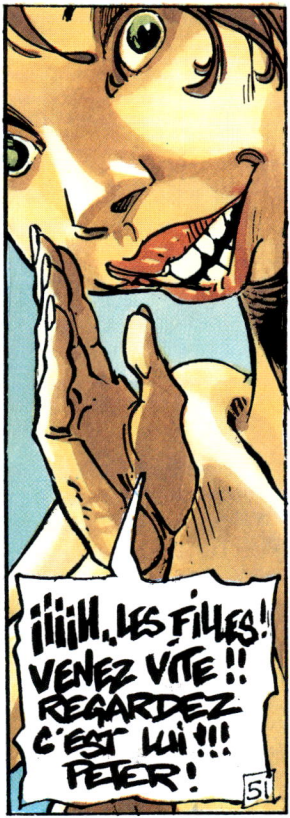

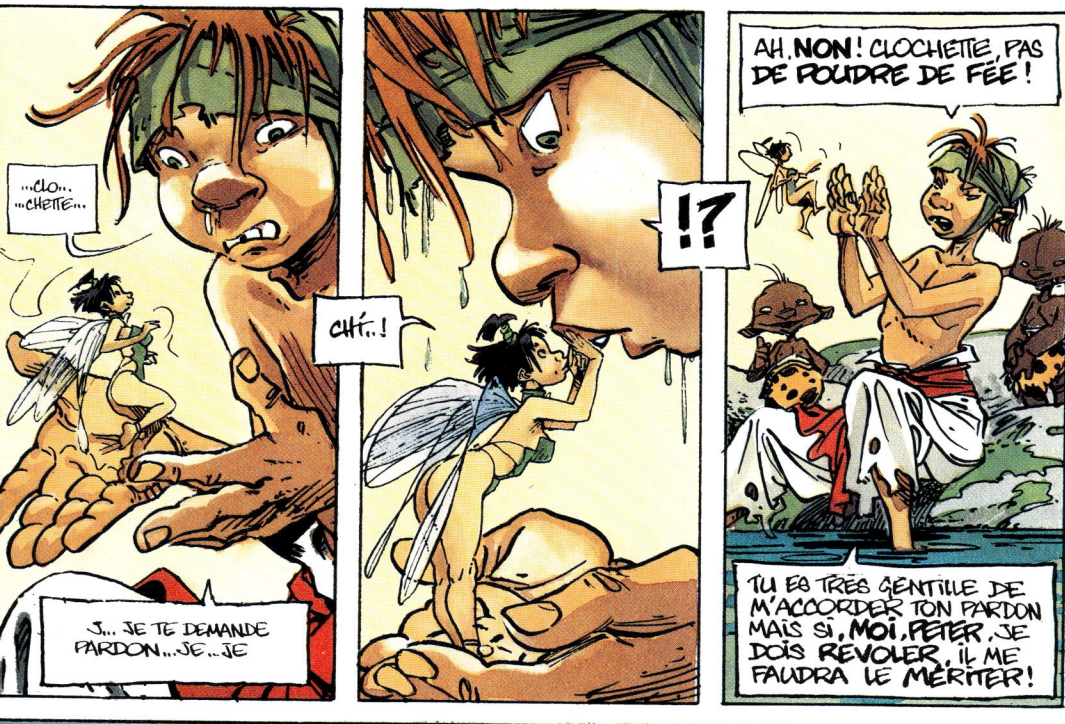

DU MEME AUTEUR

LES NOCTURNES
(Ed. KESSELRING - épuisé)

Avec Serge LE TENDRE

LA QUETE DE L'OISEAU DU TEMPS

**LA CONQUE DE RAMOR
LE TEMPLE DE L'OUBLI
LE RIGE
L'OEUF DES TENEBRES**
(Ed. DARGAUD)

Avec Rose LE GUIREC

TROUBLES FETES
(Ed. HUMANOIDES ASSOCIES)

**PETER PAN
LONDRES**
(Ed. VENTS D'OUEST)